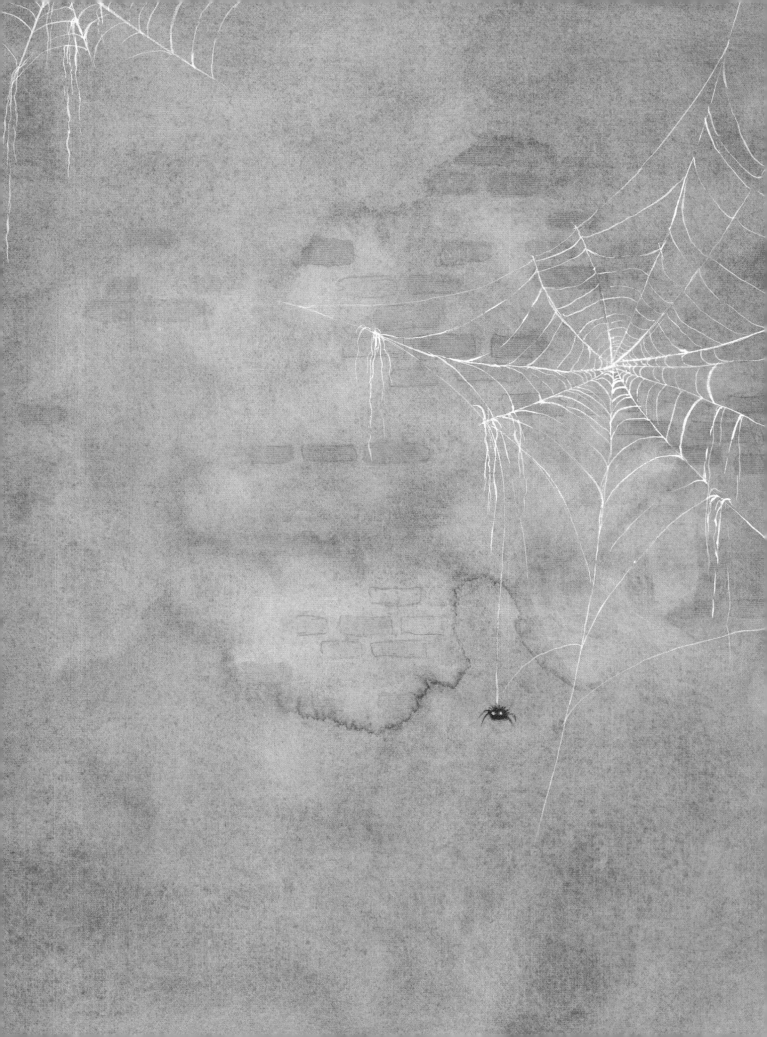

图书在版编目（CIP）数据

怕小孩的女巫 /[意大利]乌韦·维格尔特文；[德国]玛雅·杜斯科娃图；曾璇译. —武汉：湖北美术出版社，2010.5
（海豚绘本花园系列）
ISBN 978-7-5394-3371-4

Ⅰ.怕… Ⅱ.①乌…②玛…③曾… Ⅲ.图画故事—意大利—现代 Ⅳ.I546.85

中国版本图书馆CIP数据核字（2010）第056517号
著作权合同登记号：图字17-2009-068

怕小孩的女巫

[意大利]乌韦·维格尔特 / 文　[德国]玛雅·杜斯科娃 / 图
曾　璇 / 译　责任编辑 / 吴海峰　曾　菡
美术编辑 / 王　超　装帧设计 / 陈　筠
出版发行 / 湖北美术出版社　经销 / 全国新华书店
印刷 / 广东九州阳光传媒股份有限公司印务分公司
开本 / 889mm×1194mm　1/16　2印张
版次 / 2010年6月第1版　2012年7月第2次印刷
书号 / ISBN 978-7-5394-3371-4
定价 / 12.00元

Monsternmädchen Mona

By Uwe Weigelt
Illustrated by Maja Dusikova
©2004 NordSüd Verlag AG CH–8005 Zurich / Switzerland
Simplified Chinese copyright©2010 Dolphin Media Co., Ltd.
本书中文简体字版权经瑞士NordSüd出版社授予海豚传媒股份有限公司，
由湖北美术出版社独家出版发行。
版权所有，侵权必究。

策划 / 海豚传媒股份有限公司（1307843）
网址 / www.dolphinmedia.cn　邮箱 / dolphinmedia@vip.163.com
咨询热线 / 027-87398305　销售热线 / 027-87396822
海豚传媒常年法律顾问 / 湖北立丰律师事务所　王清博士　邮箱 / wangq007_65@sina.com

怕小孩的女巫

[意大利] 乌韦·维格尔特／文　　[德国] 玛雅·杜斯科娃／图

曾　璇／译

湖北长江出版集团

湖北美术出版社

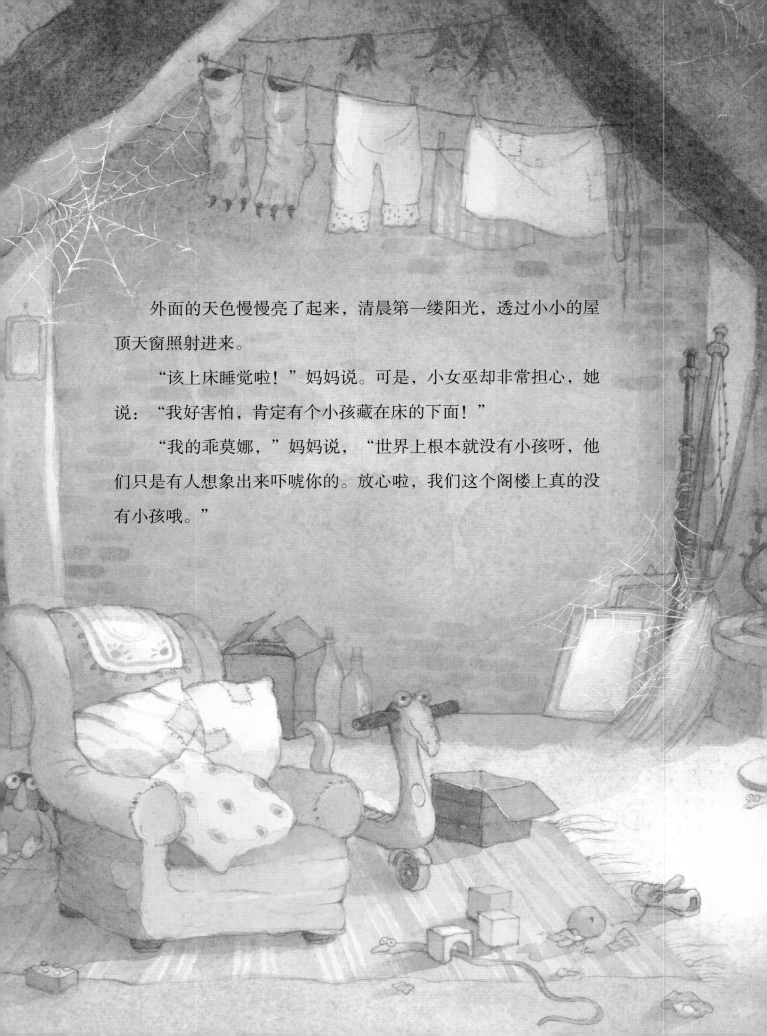

外面的天色慢慢亮了起来，清晨第一缕阳光，透过小小的屋顶天窗照射进来。

"该上床睡觉啦！"妈妈说。可是，小女巫却非常担心，她说："我好害怕，肯定有个小孩藏在床的下面！"

"我的乖莫娜，"妈妈说，"世界上根本就没有小孩呀，他们只是有人想象出来吓唬你的。放心啦，我们这个阁楼上真的没有小孩哦。"

尽管如此，莫娜还是非常非常害怕。她多么舍不得妈妈离开啊，可是妈妈给她盖好被子，说了声晚安，就出去了。

　　莫娜担心地看着四周：如果现在真的有小孩出现，那可怎么办啊？而且还是连妈妈都根本没见过的小孩呢！那儿，就在靠垫后面，那难道不是眼睛吗？或者在这儿，在沙发椅旁边！肯定过不了多久，满屋子都是小孩了！莫娜一想到这些，心里怕怕的，赶紧躲进了被窝里。

不知什么时候，莫娜闭上眼睛，进入了梦乡……

金色的阳光照进来，窗外，小鸟在花园里歌唱。可是，忽然——从地板下传出了可怕的嘎吱声。莫娜被响声惊醒了，她惊恐地看着通向楼下房间的地板盖慢慢打开了。然后，一个小孩的脑袋从地板下冒了出来，接着，另一个小孩也探出脑袋来了……

"呼！"莫娜害怕得叫出声来，两个小孩也恐惧得叫了起来："啊啊啊啊！"地板盖"砰"地一声撞到了墙上。

　　可怜的莫娜吓得一动也不敢动。过了好一会儿，她才鼓足了勇气来到打开的地板盖旁边。她小心翼翼地朝下面看了看——在那儿，真的有两个人类的小孩，一个男孩和一个女孩，他们也正在仰着头向上面看呢。

莫娜还没来得及开口说话，全身就已经湿透了——男孩用喷水枪把她喷了个正着。

　　"呼！"莫娜又惊恐地尖叫起来，赶紧缩回了脑袋。不过已经太迟了，她已经湿漉漉的了。更糟糕的是，她还嚎啕大哭起来。

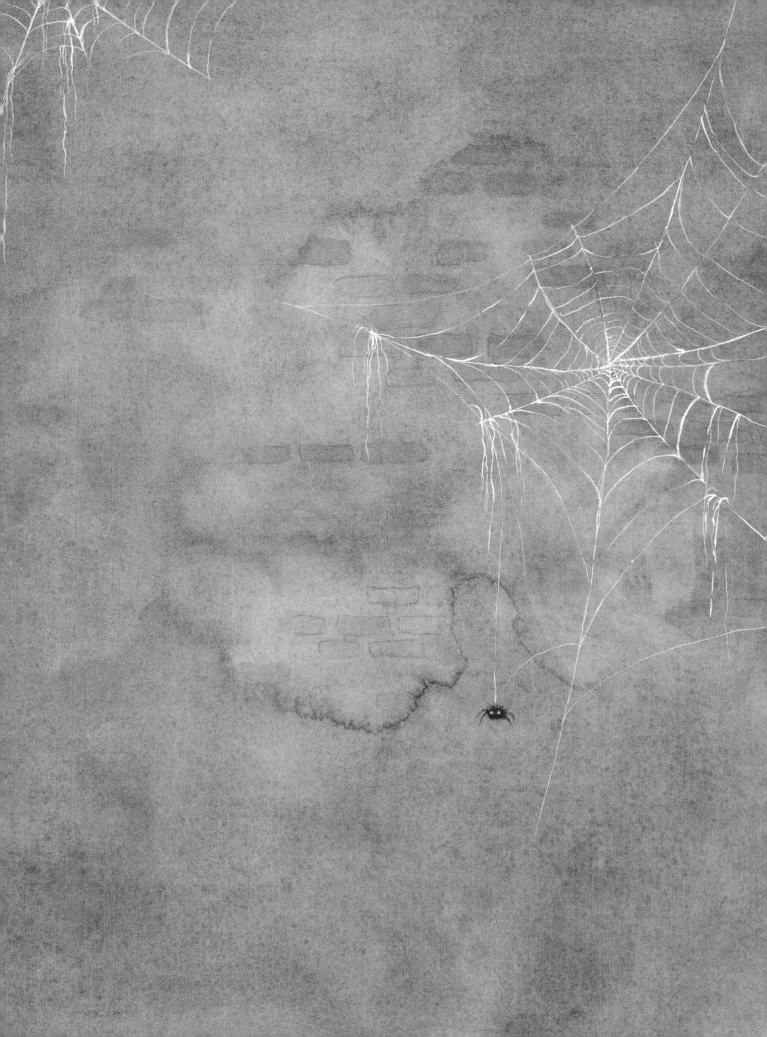

阁楼里的秘密和欢愉

徐 榕（资深童书编辑、幼儿心理研究专家）

小的时候，我总是要拧亮一盏小灯才肯睡觉。仰望着墙角的蜘蛛，想象屋顶上的水渍是一朵云还是一头怪物，用指甲抠墙上的小洞直到露出里面的砖头，这些都是睡前的冥想或游戏。黑暗的夜晚，好像总是和失望一起来临。这本书两页相连的前环衬，勾引出童年的睡前记忆。灰紫色的墙，能嗅到潮湿微凉的气息，投射在墙上的恍惚的阴影，那么安静，就像等待秘密揭晓那样安静。"噗"，是蜘蛛掉下来的声音，还是蛛网折断的声音？

"怕小孩的女巫"？可是看扉页上的图，女巫不怕小孩，小孩也不怕女巫，一个谜语等待你猜。

清晨的第一缕阳光透过天窗照进阁楼。阁楼是小女巫莫娜的家，早晨是莫娜上床睡觉的时间。"我害怕，肯定有个小孩藏在床的下面。"女巫的模样，是梦里常见的人的变形，但并不夸张。阳光映照着莫娜惶惑的脸，这张脸，猛一看不算好看，但仔细看，有着小孩子都有的表情——乖巧又固执，淘气又可爱；她的妈妈，看上去也和所有的妈妈一样严慈。

莫娜担心地环顾四周，真的有小孩出现怎么办？她赶紧躲进了被窝。

阁楼里发出令人毛骨悚然的嘎吱声，莫娜惊醒了，阁楼的地板慢慢被打开，一个小孩的脑袋从地板下冒了出来，接着，另一个小孩也探出脑袋来……

读到这里，心都提到嗓子眼儿了。和所有好听的故事一样，先是把你牵住，越拉越紧，等到你被带动起来，再慢慢撒手，让你体验松弛后的快乐——没过多久，他们才发现对方并不可怕，莫娜和小孩在一起玩得可开心了。

睡前故事很多，但这一个却独辟蹊径。小女巫的妈妈看不见人类的小孩，人类小孩的妈妈也察觉不到莫娜，所以大人们简单的安抚，并不能引出孩子心中真正的牵绊——在停不下的梦境里，似乎总有莫名的害怕和被追赶的焦灼。阁楼里藏着孩子秘而不宣的心事，也藏着他们真实的恐惧。作家乌韦·维格尔特、画家玛雅·杜斯科娃一片慈心，把阁楼里封存的隐秘呈现了出来，也打开了孩子的内在世界。心事和秘密一旦被打开、被破解，就像河水流干后河床上露出的卵石，反而有着无言的亲切与熟稔。看见了恐惧的由来和真相，我们才能获得和建立持续的安全感。

关于女巫的故事很多，但莫娜却与众不同。她一点也不古怪离奇，不会兴风作浪，也没有骑着扫帚飞翔的本领，她喜欢听故事、喜欢捉迷藏、喜欢咬着毛毛熊的耳朵睡觉，她害怕孤独、害怕在梦中惊醒、害怕陌生的世界，莫娜就是一个小孩子。通向楼下房间的地板盖，是幻想与现实间的阻隔，楼下的房间和屋外的花园有着更多的精彩。只要改变认识，就可以打通障碍，走出阴影，获得轻松；就可以和未知的恐惧握手言欢，让孤独的情绪消退。不再害怕小孩的莫娜，还有她身上的暖意和欢快，让这本精细刻画的图画书，可爱可亲，历久弥新。

一直玩到累得几乎要从树枝上掉下来，莫娜才回到阁楼睡觉。她脸上的微笑，像早晨清丽的花朵，她再也不会蜷缩在被子里了，舒展手脚——原来睡觉可以这么舒服啊！两页相连的后环衬，散发着紫色的诗意，映照着清透的如烟的晨曦，可以闻到阳光就要照进来的暖烘烘的味道，那么安静，就像等待晚上的约会那样安静。阁楼里藏着秘密和欢愉，知道了谜底，大家会心一笑。

长大以后，我不再害怕黑夜，可是脸上和身上，一点点加载了世事的重量。夜晚的时候，有时不能归于平静，简单安静的睡眠，偶尔也会成为一种困难。有了莫娜的陪伴，我知道不必多虑，躲进宁静的夜，躲进柔软的梦乡，任无边的思绪，像静静的水下游弋的鱼，沉浮于我无碍。

当然，想要睡得香甜，除了拥有这本图画书的恩宠，我还要去买一床和莫娜一样的碎花拼布被子。